Fed

IL PARA

CW01652968

*F*EDERICO DE ROBERTO*, scrittore e romanziere, nacque a Napoli nel 1866 da madre siciliana: il forte influsso delle sue radici isolane lo pone, a buon diritto, nell'Olimpo della letteratura legata a questa terra cosí piena d'interesse e di contrasti.*

Compì gli studi medi presso l'istituto tecnico di Catania, città che divenne sua fissa dimora, ad esclusione del decennio 1888-1897, trascorso tra Firenze e Milano. Nella grande metropoli settentrionale ebbe modo di avvicinarsi ai circoli letterari già frequentati da Verga, Boito, Giacosa, Rovetta e di molti altri letterati illustri, esercitando altresì la sua penna con una collaborazione con il "Corriere della Sera".

A Milano scelse di pubblicare il capolavoro "I Vicerè" *(1894), romanzo che confermò la sua crescente fama e lo pose, agli occhi del grande pubblico, sullo stesso piano di Verga e Capuana, quale degno rappresentante di quel movimento verista che aveva indicato nella scuola siciliana i suoi esponenti più insigni. Chiusa la parentesi milanese fece ritorno in Sicilia; qui visse alternando la cura dell'anziana madre al suo lavoro di scrittore, tenendosi costantemente in contatto con colui che considerava suo maestro, Giovanni Verga.*

Morì nel 1927 lasciando molti scritti ancora inediti.

Riflessivo e critico, orientato verso la ricerca storica, la descrizione dell'animo umano e degli eventi De Roberto fu costantemente attratto dalla letteratura a sfondo psicologico. Le prime novelle "Documenti umani", *pubblicate a Milano nel 1888, mostrano la sua predisposizione allo studio dei caratteri umani scelti tra gli umili, i vinti. Il suo primo romanzo,* "Ermanno Reali" *(Milano, 1889), è indice della capacità dell'autore di descrivere la tragedia del vivere seguendo le tracce degli psicologisti francesi. Con* "L'illusione" *(Milano, 1891), vicenda di un'aristocratica Madame Bovary italiana, il discorso si amplia e, sebbene l'opera non possa considerarsi immune da influssi e reminescenze flaubertiani, il discorso diventa più personale.*

Troviamo il De Roberto pienamente verista a partire da "I Vicerè", *capolavoro della maturità, storia di una antica famiglia catanese, di origini spagnole, da secoli partecipe del potere politico ed economico. Il romanzo, costruito secondo i moduli classici del verismo, analizza le vicende del casato per più generazioni, seguendo gli eventi vissuti dai protagonisti, intrecciando lo studio del momento storico con l'ambiente sociale, costruendo un vasto affresco della Sicilia dal periodo preunitario a quello postrisorgimentale. Lo sguardo gettato sul tale periodo è disincantato, completamente privo di illusioni: traspare evidente la poca fiducia nella democrazia, strumento utile all'ultimo rampollo della famiglia, entrato in politica ed eletto deputato, per perpetuare l'antico potere. L'autore non maschera la sua consapevolezza della fine dei valori romantici di amore e passione, così come non dimostra di credere nella politica o nel popolo.*

Dopo questo felice episodio letterario l'autore non riuscì più ad emulare se stesso; forse solo "Spasimo" *(Milano, 1897) è degno della sua grande produzione.*

Ricordiamo, frutto del suo lavoro di critica letteraria, i saggi "Leopardi" *(Milano, 1898) e* "Una pagina della storia dell'amore" *(Milano, 1898). Fu autore anche di racconti di guerra, tra i quali merita una citazione* "La cocotte" *(Milano, 1920), impostati in chiave di analisi psicologica e introspettiva, e di alcuni lavori teatrali, il più noto dei quali è* "Il rosario" *(1911), riproposto anche in dialetto siciliano. Postumo uscì* "L'imperio" *(1928), seguito della vicenda de* "I Vicerè", *privo però di quella forza che De Roberto sapeva infondere nelle sue pagine.*

L'arte di narratore di De Roberto può essere a pieno titolo apprezzata anche nelle sue opere minori.

La selezione di racconti proposta offre, nella sua distanza dalla produzione piú marcatamente verista, un saggio della capacità di introspezione dello scrittore: l'animo umano, sia nel monologo interiore del marito che abbandona la famiglia, sia nell'acuta analisi dei comportamenti dell'investigatore di sentimenti femminili, sia nella vicenda del mancato suicida per amore, è protagonista nella sua universalità e stimolo ad una prosa densa di avvincente suggestione.

IL PARADISO PERDUTO

Il treno correva, nella notte. Fioca e fumosa, col piccolo fondo d'olio verdastro diguazzante nel cavo cristallo, la lampada illuminava cupamente il vagone, dove il viaggiatore, curvato, tenendo i gomiti sulle ginocchia e la testa nelle mani, restava immobile e solo.

Vi era come una cadenza nel frastuono del treno lanciato a tutto vapore, il ritorno d'una frase fatta di stridori, d'urti e di cigolii nel lacerante concerto dove la macchina metteva i suoi fischi rauchi, gli sbuffi e l'ansimante respirazione dei suoi fianchi poderosi. Ad un tratto lo strepito si rafforzava, si rinserrava, saliva ad acuti violenti sotto la galleria; cogli occhi fissi al muro fuggente, al quadrato di luce tagliato nella penombra del muro, il viaggiatore provava un momento l'illusione che il treno corresse in direzione contraria alla vera, che retrocedesse vertiginosamente, come anch'esso preso dall'orrore di cui egli si sentiva pieno...

...Orribile! Orribile!... Eppure, non era egli salito liberamente su quel treno che lo trasportava incontro al suo destino con la velocità di cinquanta chilometri all'ora? Non aveva liberamente, deliberatamente rifatto i preparativi di quel viaggio, di quell'eterno viaggio che oramai non aveva piú arresto? di cui sapeva lo scopo e vedeva con una lucidezza invasante gli effetti?... Libero! libero! libero!... Egli era libero come il ferro attratto dalla calamita, come l'onda incalzata dal fondo dell'orizzonte alla spiaggia remota, come le assi e le ruote di quel treno trascinato da una forza cieca e brutale. Raffinamento di tortura, spasimo ineffabile: egli aveva la piena coscienza di ciò che si compiva, della fatalità che si operava, della inarrestabile caduta. Chi dunque lo spingeva in fondo all'abisso?... Chi?...

E il fracasso cresceva; in fondo alle stratte del ferro, ai fremiti dell'aria, ai tremolii dei vetri, un clamore come di voci, un coro di grida, di urli, di invocazioni pareva echeggiasse dintorno; ed era come se la volta della galleria si abbassasse, e le mura si avvicinassero per schiacciare il convoglio con tutti i miserabili che lo popolavano... Egli s'era alzato, in cerca d'aria, soffocando, con lo strazio spietato di quelle voci lamentose, imprecanti... ma il treno riusciva all'aperto, e come disperso da un turbine furioso il coro svaniva repentinamente lontano, e il frastuono riprendeva, piú basso, piú sordo, con la monotona cadenza di prima.

Barcollante, egli si era avvicinato allo sportello, cercando di vedere nel buio fitto. Strane forme indecise, con dei fruscii rapidi, sfilavano in una vertigine, sul fondo incerto d'un cielo schiacciato. Delle goccie d'acqua cominciavano a battere sul vetro, rigandolo, e la velocità del convoglio si rallentava, in prossimità di una stazione. Allora, la paura di trovarsi in compagnia di qualcuno, di dover subire la presenza del simile, lo riprendeva, malgrado il conduttore gli avesse promesso di lasciarlo solo. Egli non gridava, non smaniava, non si strappava i capelli; restava immobile e tranquillo; nessuno avrebbe potuto leggergli in volto la violenza della sua ambascia; ma voleva restar solo, non poteva sopportare l'idea d'una vicinanza qualsiasi...

Dei fanali accesi sopra un muro giallastro, un nome gridato a riprese, un rumor di passi e di sportelli sbattuti, un incrociarsi di chiamate e di risposte; e ad un tratto una figura appariva dietro il cristallo appannato.

« Il signore ha bisogno di nulla?... Stia tranquillo, lo lasceremo solo. Passi una buona notte!... »

« Grazie; buona notte... »

E l'augurio suonava come un'irrisione, nel tormento che riprendeva piú atroce con la ripresa della corsa, con l'avvicinarsi continuo della mèta invocata e temuta, con la fuga vergognosa da tutto quanto avrebbe dovuto trattenerlo piú saldamente, dalla pace, dal dovere, dall'onore... Allora, una domanda si formulava violentemente nel suo spirito, e le sue labbra quasi la proferivano. Perché dunque quella perversa aveva dovuto gettarsi sulla sua strada, sbarrargli il cammino quand'egli ne aveva percorso i piú difficili tratti, e dargli la seduzione degli abissi quando il suo compito diventava quello di guidare gli altri per i retti sentieri?... I suoi figli! i suoi figli!... Che facevano, che dicevano essi in quel momento che il padre sciagurato li abbandonava ancora una volta per correr dietro ad una perversa? che preparava loro un esempio funesto?

che distoglieva forze e pensiero dalla loro tutela? i suoi figli, la speranza e il sorriso della sua vecchiaia, il raggio di sole del suo inverno già picchiante alle porte!...

Egli si stringeva ancora la testa fra le mani, si sconvolgeva i capelli rari e imbiancati; e l'idea della sua vecchiezza gli rendeva piú odiosa la colpa, gli metteva in viso le fiamme della vergogna... Cinquant'anni, mezzo secolo di lotte, di sacrifizii, di lavoro paziente interrotto da interne debolezze presto vinte, consolato dall'amore di marito e di padre; una fama di saviezza di cui egli non si era creduto degno: e quando non aveva dinanzi che il tempo piú facile e rapido, tutto era ad un tratto compromesso... Perché?... Perché?... Ah, com'era sottile la potenza di quegli sguardi, come penetrava fino all'intime fibre; come le ricercava, che febbre metteva nelle vene, che sete sulle labbra!... Sete di baci, febbre di desiderii, un male incurabile, che l'appagamento dietro al quale egli andava continuamente correndo esasperava sempre di piú... No, egli era senza scusa; la regolarità della sua vita passata non rendeva perdonabile quel tardo accecamento; no, era inutile illudersi con la persuasione d'un diritto ai godimenti dei quali avrebbe dovuto prender la sua parte prima d'invecchiare del tutto. A cinquant'anni, coi capelli bianchi, con due figli che entravano nella vita, nessuna giustificazione era possibile, la stessa passione diventava vergognosa; e la sua non era passione: egli non amava quella femmina, non la stimava — e ne aveva bisogno...

In fondo all'onta, alla paura, all'angoscia, al rimorso, un sentimento persisteva, piú intenso di tutti gli altri: uno stupore, uno sbalordimento dinanzi alla realtà che si compiva. Egli era dunque in treno: quel divano, quella lampada, quegli sportelli, quel rumore cosí persistente che egli finiva talvolta per non avvertirlo, non erano impressioni di sogno. Egli aveva abbandonata la sua casa, sua moglie, i suoi figli, andava a raggiungere l'*altra*, ad esigere il compimento d'una promessa lungamente invocata, strappata sempre come una elemosina — e poi, chi sa dove ancora?... — Si sentiva torcere il cervello, tanto la cosa gli pareva strana, inverosimile, incredibile. Com'era dunque possibile un simile sconvolgimento, come poteva ad un tratto mancare tutto quello che aveva formato la sua stessa ragione di esistere, i suoi affetti e le sue abitudini, la vita esteriore e quella dello spirito e del cuore, lo stesso terreno su cui metteva i piedi?... Quel treno viaggiante nella notte diventava per lui il simbolo di ciò che gli era serbato. Egli non avrebbe avuto piú casa, non piú dimora, non piú riposo; si sarebbe aggirato irrequietamente, nascostamente, a caccia di piaceri fallaci e malsani, fuggendo la luce degli affetti puri, consumandosi nella febbre indegna, mentendo a tutti ed a sé...

Questo lo aspettava, questo egli *voleva.* Non lo aveva voluto? Non lo voleva ancora? E una contrazione sarcastica gli sformava il viso. Sí, i godimenti, la febbre, le voluttà raffinate, la menzogna: tutto a costo di tutto!... Se credevano che quella sua saviezza non gli fosse costata! Era stato lungamente un soggetto di risa per coloro che non si sapevano spiegare i suoi scrupoli sciocchi. La virtú era ridicola: egli comprendeva questa grande verità; e adesso che la comprendeva voleva prendere la sua rivincita. Perché non ne avrebbe avuto il diritto?...

Allora, l'imagine di sua moglie gli si presentava dinanzi: l'imagine della santa donna che per la prima gli aveva dato l'esempio della semplicità nella rinunzia a tutte le tentazioni. Era tanto piú giovane di lui, era cosí corteggiata, le sarebbe stato cosí facile transigere in forza dello stesso calcolo che egli adesso faceva! E non lo aveva fatto, perché si era sentita amare, proteggere, rispettare da lui, ed anche ora, ch'egli non la rispettava piú e l'abbandonava, anche ora si chiudeva nel suo dolore, semplicemente, senza minaccie... No, la virtú non era una cosa ridicola; era una cosa santa — negli altri! Si esigeva dagli altri, salvo a dimenticarla, a calpestarla, quando faceva comodo a sé...

...Le stazioni seguivano alle stazioni, con lo stesso tramestìo e le stesse voci; durante le brevi fermate si sentiva il rumore della pioggia battente sui vetri e sul tetto, lo stormire degli alberi sotto le sferzate del vento; poi il suono della cornetta, un fischio lungo, e l'interminabile viaggio ricominciava. Ora, egli s'era disteso sul divano, alzando il bracciale che lo divideva in due, buttandosi addosso il *plaid* che non riusciva a difenderlo dalla lenta invasione del freddo. Si teneva con una mano la fronte, per comprimerne il martellìo doloroso; s'inabissava nel proprio pensiero, studiando di arrestarsi a considerare un lato o un dato della situazione, ma continuamente distratto per la turbinosa successione delle imagini nel dormiveglia prodotto dalla stanchezza e dal moto del treno. Sua moglie, egli l'amava ancora, l'aveva sempre amata, ma la povera donna rimaneva sola, coi piccini, nella casa lontana!... e piangevano e partivano anch'essi, correvano anch'essi per monti e per valli; ed egli si nascondeva, scorgendo i loro visini dietro lo sportello d'un treno in movimento, finché il treno non era scomparso con un fischio che risuonava come un grido supremo... Egli l'amava, non aveva amata che lei, la sua piccola cara moglie, il fiore della simpatia; e la rivedeva come l'aveva incontrata la prima volta — molto, molto addietro nel tempo — vestita d'un abitino celeste, con un nastro celeste fra i capelli neri come l'inchiostro: una cosa deliziosa. Gliel'aveva chiesto, quel nastrino, ed era serbato fra tante altre reliquie care; ma adesso era tutto disperso: ecco la casa sottosopra, le stanze ingombre di bauli, l'appigionasi al portone, e delle persone che salivano a vedere se il quartiere era di loro convenienza... Che cosa aveva detto — tanto tempo addietro — alla sua cara donna che aveva messo l'ordine e la grazia nella sua stupida vita da scapolo, trascorsa di qua e di là, senza scopo, con le sere passate nei caffè e nei bigliardi dove c'era un'aria bianchiccia di fumo e della gente gesticolante di cui non si afferravano le parole?... I divani del bigliardo erano come quelli delle camere mobiliate, unti e stinti, con degli strappi dai quali usciva il crine dell'imbottitura — e il cassettone impregnato d'un cattivo odore che niente faceva passare... Ah, che cosa le aveva detto, prendendola sulle ginocchia, cullandola come una piccina, nascondendo il viso tra i suoi capelli disciolti e respirandone l'inebbriante profumo?... Buona e bella, gentilina; bisognava che ella s'addormisse cosí, nelle sue braccia... Mai, mai — intendeva? — egli avrebbe potuto amare un'altra donna — ecco quello che le aveva detto! — Egli sarebbe morto, se avesse dovuto abbracciare un'altra donna cosí... Come era mai possibile stringerne al petto un'altra?... Eccola lí, la piú bella: bella come una statua, fredda fredda, che lo assiderava appena egli la toccava, che lo faceva diventare tutto un pezzo di marmo, a poco a poco, dalle gambe su fino al cuore, fino alla gola stretta come una morsa, chiusa al gemito che partiva dal petto profondo...

Destandosi tratto tratto dall'incubo, il fragore del treno, simile a quello di un corso d'acque tumultuose, lo richiamava alla coscienza del presente; la fiamma lunga ardeva sempre oscillando e il corpo gli s'indolenziva nell'incomoda posa. Talvolta, erano il vocìo, il movimento delle stazioni ch'egli avvertiva; qualcuno schiudeva lo sportello, il freddo diventava intollerabile; ma, dopo qualche parola incompresa, richiudevano con violenza intanto che il « pronti! » del conduttore annunziava la continuazione del viaggio. L'orribile notte durava eterna; il treno, lanciato con nuova furia, si precipitava nello spazio e nulla poteva piú frenarne la corsa. I ponti, le gole, i poggi, le colline, tutte le cose erano prese come da un delirio: sorgevano improvvise, giravano vorticosamente, scomparivano a un tratto negli abissi delle lontananze. La macchina, esausta, si arrestava: ma v'era pronto un altro convoglio; tutti vi passavano, in tumulto, gridando, raccogliendo gli effetti sparsi per terra, sulle rotaie, e via da capo, cosí sempre, balzando da un treno all'altro, correndo continuamente, non arrivando mai, finché un urto spaventevole mandava tutto in frantumi...

Sarebbe stato meglio! Ritrovandosi ancora al

suo posto, con la testa pencolante e il braccio intormentito sotto il peso del corpo, egli provava un rammarico amaro; avrebbe preferito che la catastrofe sognata fosse avvenuta realmente. Ah, ma quella notte sarebbe trascorsa; la luce avrebbe sorriso ancora, e un altro sorriso lo aspettava! I sorrisi, i baci, le carezze di lei... Era, adesso, la grande stazione, la confusione dell'arrivo, la folla pigiata nel corridoio d'uscita, i conduttori d'albergo coi berretti gallonati, le grida dei cocchieri, lo schioccar delle fruste. Egli prendeva posto in una carrozzella, gridava l'indirizzo, e via di carriera. Saliva a precipizio le scale, si afferrava al cordone del campanello, suonava fino a strapparlo: e non aprivano. Accorreva della gente, i vicini, il portinaio: chi cercava? quella casa era vuota; gl'inquilini erano due tedeschi, partiti da un mese... Che contrattempo! Allora, bisognava cercare altrove: ma in qual luogo? Ed il cocchiere lo portava alla marina, una barca faceva appena a tempo a raggiungere un vapore olandese che stava per prendere il largo. Vi era folla sul cassero: uomini e donne appoggiati al parapetto, seduti sui bauli, sui *pliants*, e dei suonatori ambulanti che raschiavano i violini con le corde di ferro arrugginito. Una zingara ballava la tarantella, ma spiccato un salto cadeva in mare. Che disgrazia! che disgrazia terribile! La poveretta sarebbe annegata sicuramente, perché non sapeva nuotare. Tutti i passeggeri si affacciavano dal parapetto per assistere al salvataggio; ma ad uno ad uno precipitavano anch'essi, e sul mare scuro si vedevano le faccie livide degli annegati. Ed altri ancora capitombolavano, con la testa in giú, le gambe aperte in aria: tutti, uno dopo l'altro, i marinai, il capitano; e la cosa diventava cosí buffa, che ognuno rideva: i caduti, quelli che spiccavano il salto, gli altri che aspettavano la loro volta. Ah! ah! ah! Giú d'un tonfo: ah! ah! ah!... Egli adesso sentiva, dietro le sue spalle, un riso piú stridente degli altri, un riso conosciuto, il riso di *lei*. Era lí, infatti, a braccio d'un baritono che andava in America; ma, vedendola, egli restava inchiodato al suo posto, incapace di andarle incontro, di chiederle come fosse lí. Solamente, poiché il suo riso era sconveniente dinanzi a quella disgrazia, dinanzi ai cadaveri galleggianti e gonfi come otri, la rimproverava con una freddezza severa. Ella rideva piú di prima, torcendosi, tenendosi i fianchi, mostrandolo a dito: « Il vecchio, ah! ah!... ». E spiegava al baritono che il vecchio l'inseguiva, credendo sul serio che lei lo avrebbe voluto – lei che amava il suo artista soltanto! Allora, si abbracciavano, si baciavano, e ghignando: « Il vecchio, ah! ah!... » con uno spintone lo buttavano in mare...

Si era svegliato del tutto, si era alzato, aveva mandato giú il vetro dello sportello, esponendo il viso alle sferzate del vento che dissipavano le ultime traccie dell'incubo. Albeggiava, il cielo nuvoloso cominciava a tingersi di grigio: l'incubo era tutto intorno. Non pioveva piú, il treno correva attraverso un paese accidentato, insinuandosi tra le vallicelle che divenivano le brulle colline, senza ombra d'abitazione. I cantonieri, fermi dinanzi alle casette gialle, imbacuccati, salutavano il passaggio del convoglio — e niun altro segno di vita.

Egli era assiderato, aveva la bocca amara, la testa

pesante, il cuore stretto piú che dai sogni dalla realtà. Si faceva pena e ribrezzo, avrebbe voluto non pensare, avere piú coscienza di sé. E come, a poco a poco, la velocità del movimento scemava, e dei vagoni-merci, fermi sulla linea tutti grigi e tutti chiusi, parevano allontanarsi in direzione opposta, e le rotaie si biforcavano a ventaglio, il conduttore incappucciato passava dinanzi allo sportello reggendosi alle maniglie d'ottone.

« Buon giorno, signore! Ha ben dormito? »

« Bene, grazie... »

« Il treno 62 è in ritardo; bisognerà aspettare per la coincidenza... »

Alcuni contadini, schierati in fila dinanzi alla piccola stazione, venivano a pigliar posto, guidati dal capotreno che gridava: « Terzi!... terzi!... »; due cacciatori, con la doppietta ad armacollo, passeggiavano di su e di giú, in attesa dell'altro convoglio; e la macchina, con fischi brevi, si staccava, andava a rifornirsi d'acqua.

Egli era disceso. L'orologio a duplice quadrante segnava le cinque e dieci, e l'ufficio dei biglietti rimaneva aperto. Per tornare indietro, era tempo ancora. Bastava avvicinarsi, pronunziare un nome, pagare il prezzo della corsa ed aspettare l'arrivo del treno ritardante. Non aveva bagagli: due sole valigette da trasportare a mano... Cosí fuggiva tutte le volte da casa sua, come un malfattore: maturando lungamente il disegno, preparando l'esecuzione, inventando pretesti sopra pretesti, spacciando menzogne sopra menzogne. Ed aveva fatto piangere la madre dei suoi figli, quand'ella si era permessa solo di fargli qualche timida osservazione: ed aveva voluto gettarlesi ai piedi e chiederle perdono, ed invece era sempre fuggito... Ebbene, a tornare indietro era sempre a tempo; il treno che stava per sopravvenire lo avrebbe riportato a casa. La sua casa!... E nelle profondità della memoria, ecco, sorgeva come un chiaror d'alba il ricordo della felicità piena, assoluta, inapprezzabile che egli aveva gustato in quella casa, nell'amor sano, nella famiglia. Tutte, tutte le sue facoltà, in quel tempo felice, avevano preso un magnifico sviluppo; quel poco di bene che egli aveva fatto, lo aveva fatto allora, e vivere come gli era parso facile e dolce!... Indietro! Bisognava che egli tornasse indietro! a quella pace azzurra, a quel sereno infinito... Ah!...

Il vento tormentava rabbiosamente gli eucalipti, i fischi della macchina parevano lamenti insistenti, e mai piú il sole avrebbe squarciato le grigie valanghe precipitanti pel cielo. Non era un chiaror d'alba il suo ricordo, era l'ultima luce d'un giorno tramontato per sempre. Egli era tornato altre volte a casa sua, vi sarebbe tornato ancora dopo quel nuovo viaggio; ma la felicità non vi aveva piú dimora. Imagini impure lo assediavano fin là, uno scontento e un disgusto di sé e un bisogno perverso di addebitare agli altri la sua propria colpa, era tutto quello che ora vi trovava. Ogni volta che varcava quella soglia, ogni volta che tornava in presenza dei suoi, un che di aguzzo e di fiammeggiante, come la spada dell'angelo, difendeva contro di lui il paradiso antico... Oh, no! egli voleva riacquistarlo! voleva soffrire ogni tormento pur di intravederne un lembo soltanto... Lo sportello restava ancora aperto, il capo stazione parlava attraverso il reticolato col distributore... Egli si era avvicinato, portando la mano alla tasca del soprabito; poi si era arrestato, aveva battuto i piedi intirizziti, allontanandosi...

... L'*altra* lo aspettava; fra poche ore egli sarebbe stato ai suoi piedi. E non sentiva piú il gelo della mattinata, l'umidità del terreno scuro di pioggia. Come un treno dopo uno scambio, il suo pensiero, messo sulla nuova via, la seguiva fino in fondo. Camminava in mezzo alla rete delle rotaie, nella direzione che fra breve avrebbe ripresa, come se a quel modo si avvicinasse ancora un poco alla meta, come se si allontanasse ancora da quella casa dove non poteva piú metter piede, dalla quale si sentiva scacciato... No, no; avanti! Fra breve, fra poche ore!... e con la fronte in fiamme, batteva i denti dalla febbre.

Da lontano s'udiva un fischio lungo. Laggiú, alla stazione, suonavano la campana, sbattevano gli sportelli, gridando: « In vettura, chi parte!... ». Egli stava per voltarsi, per tornare indietro; ma ad un tratto apparve il fumo bianchiccio del treno arrivante, il disco nero della macchina rapidamente ingrandentesi.

« Indietro!... A voi!... »

Un cantoniere urlava, accorrendo; ma egli restava inchiodato in mezzo alle rotaie, affascinato dalla vista del treno che correva verso casa sua, sul quale avrebbe dovuto salire... Sua moglie! i suoi figli!... L'*altra*!...

« Indietro!... Ferma!... Ferma!... Aiuto!... »

L'articolo di cronaca era intitolato *Disgrazia orribile*, e diceva cosí:

« Ieri, alla stazione, mentre arrivava, col ritardo a cui siamo oramai abituati, il treno 62, in coincidenza col diretto delle cinque e cinque, un viaggiatore che era sceso imprudentemente sul binario e che non fece a tempo a trarsi indietro fu investito dalla macchina e orribilmente sformato. Piú terribile a dirsi, il disgraziato non morí sul colpo; è spirato oggi, dopo ventiquattro ore di tormentoso delirio. »

LA SCOPERTA DEL PECCATO

Certo, se Vico Dastri avesse divulgato ai quattro venti, o solamente mormorato all'orecchio di qualche intimo amico — che sarebbe poi stato press'a poco lo stesso — la scoperta a cui egli era riuscito dopo una lunga e pazientissima inchiesta proseguita ad insaputa di tutti, due risultati egualmente incresciosi sarebbero stati immancabili. O la gente si sarebbe messa a ridere alle sue asserzioni, negandogli la piú piccola fede, o avrebbe sospettato di lui, attribuendo ad una ragione secreta e poco onorevole la diffamazione che avrebbe letta nelle sue parole. Ma a scagionarlo da quest'ultima accusa, basterà il fatto stesso che egli tenne lungamente per sé i risultati delle sue indagini, e li confidò a una sola persona quando ogni piú lontano sospetto d'interesse da sua parte era impossibile; e quanto all'attendibilità della sua scoperta, la seguente esposizione del processo per mezzo del quale egli la fece, servirà a giudicarne.

Senza entrare nella vita intima del nostro personaggio, per accertare quanta parte l'esperienza avesse avuta nel determinare la formazione di certe sue tendenze e lo sviluppo di certe sue facoltà, cominceremo dunque col dire che egli portava, in società, una suprema e forse anche, fino ad un certo punto, scettica indifferenza, con l'unica passione, servita da una naturale attitudine alla analisi, di una curiosità ardente e penetrante. Riconoscere i veri caratteri sotto i convenzionali atteggiamenti, seguire le azioni e le reazioni dei sentimenti e degli interessi, sorprendere i secreti drammi e le celate commedie nel loro periodo di formazione, di sviluppo e di scioglimento, sviscerare i profondi moventi dietro le superficiali professioni di fede, scoprire, in una parola, il dietro scena delle anime: questa era l'unica ragione per la quale egli ricercava il consorzio del simile.

A servizio di queste tendenze analitiche, egli portava un dono d'osservazione a cui nulla sfuggiva, un intuito largo e sicuro, una memoria infallibile, una fantasia vivacissima ma corretta dal preciso senso del reale. Lo stesso individuo fisico pareva organizzato in vista di queste intenzioni. Egli era positivamente brutto, d'una bruttezza però non ingrata: la faccia si restringeva triangolarmente dalla linea della fronte alla punta del mento, il naso era acuminato e quasi pungente; le labbra brevi, rientrate e per lo piú chiuse; le orecchie larghe, spalmate, veri corni acustici fatti per raccogliere e rinforzare i suoni piú fugaci e piú deboli. Ma gli occhi piccoli, vivissimi, brillanti, ora rapidamente roteanti, ora lungamente fissi in qualche punto senza che le palpebre avessero un battito, erano lo strumento piú esatto di cui egli potesse disporre. E se ne serviva, infatti, mirabilmente. Come ad una agenzia di informazioni o ad un ufficio di polizia, coloro che lo conoscevano facevano capo a lui per avere dei giudizii sul valore di questa o di quella persona, per appurare la verità intorno a questo o a quel fatto di cui nessuno riusciva a procurarsi le prove; ed i suoi mezzi d'indagine, che volentieri i suoi amici chiamavano diabolici, erano semplicissimi. « Voialtri — egli diceva loro — avete orecchi e non udite, avete occhi e non vedete. Se entrate in un salotto, andate difilato alla padrona di casa, salutate in giro e sedete guardando il soffitto o la punta delle vostre scarpe. È naturale che non sappiate nulla. Bisogna osservarsi intorno, studiare le fisionomie, notare l'effetto che produce la vostra presenza o la vostra vicinanza: se di contrarietà o di compiacenza, e che genere di compiacenza o di contrarietà. Trovate la signora sola con un uomo: bisogna stare attenti se si mostrano un poco imbarazzati o troppo disinvolti, se tengono un discorso che sia verosimile. Due persone intimamente occupate dei fatti loro, che l'improvviso arrivo di un terzo disturba, debbono lí per lí trovare un argomento di cui fingere d'intrattenersi. Ora, nell'imminenza del pericolo, direbbe La Palisse, non si ha la libertà della scelta... Imaginiamo invece che l'adunanza sia numerosa. Bisognerà essere tanto piú attenti, quanto piú ciascuno s'invigila. Afferrare le parole, fotografare le intonazioni, plasmare i gesti; trovare, sotto l'espressione ordinaria, l'intenzione secreta; considerare non soltanto come, ma anche *perché* una cosa è o può essere detta... »

Come Edgardo Poe nella sua fisiologia del giuocatore, egli pensava che l'importante, la cosa principale consiste nel *sapere ciò che bisogna osservare*, nel non trascurare ciò che, *apparentemente*, parrebbe non avere relazione alcuna col soggetto dell'indagine. Egli studiava quindi il modo con cui una persona stringeva una mano, o si chinava a dire qualche cosa all'orecchio di un'altra; lo *stile* di un sorriso o di una mossa, l'*a proposito* di una esclamazione, la frequenza di un incontro: tutti gl'imponderabili elementi a cui non si annette ordinariamente un valore. Raccoglieva cosí una messe di piccoli fatti, di osservazioni minute che, sommate o paragonate, gli permettevano di passare a piú larghi accertamenti, fino a comprendere il carattere d'un individuo a cui si trovava di fronte o gl'interessi che l'agitavano.

Un giorno, egli conobbe la Valcresi: una signora insospettabile, un modello di moglie, il figurino della virtú. Però, Vico Dastri non credeva alle virtú delle donne... Questa affermazione, fatta naturalmente per metterlo in cattiva luce presso tutte le signore, ha bisogno intanto di qualche commento. Egli non negava, invero, che vi sieno delle donne virtuose, nel senso che non cedano ai richiami della tentazione; affermava che nessuna sfugge alla tentazione medesima. Ora, data la tentazione, la caduta era, secondo lui, affare d'occasione e d'opportunità. « Prendete — diceva — la donna piú virtuosa di questo mondo: nel suo interno ella deve pensare alla possibilità della colpa. Infatti: se non l'ammettesse, la sua virtú non sarebbe meritoria. Ella dice: "Io posso far *questo*, se voglio; ma non voglio". Che cosa le fa dire cosí? L'idea del dovere. Però il dovere è di due specie: ve n'è uno che si sente, che è coscienza intima e salda; ed uno che si subisce, che è paura del mondo e delle sue punizioni. Allora, se la donna che abbiamo presa a considerare si mantiene virtuosa, non perché è inaccessibile alla tentazione, non perché è sostenuta da un'alta fede, ma solo perché teme le conseguenze della sua caduta, mettetela in condizione di cadere senza che nessuno ne sospetti nulla, senza che il suo passo falso possa avere le conseguenze temute, e vedrete!... »

La prima quistione, a proposito della Valcresi, era pertanto questa: l'idea che ella si faceva del dovere apparteneva alla categoria della fede o della paura? Egli prese le mosse, nel suo ragionamento, dal calcolo delle probabilità. La cosa parrebbe, a prima vista, stravagante; ma quando si scommette al giuoco si fa altrimenti? Supponiamo che dentro un cappello siano messe novantanove fave bianche e una nera. Se ne prenda, a chius'occhi, una qualunque; c'è novantanove probabilità contro una perché questa fava estratta sia la bianca. Certamente, si potrebbe metter la mano giusto sull'unica nera; ciò è *possibile*; ma nessuno esiterebbe a tenere una forte scommessa per il partito contrario. Venendo dunque alle donne virtuose, dopo aver detto che ne esistono di quelle la cui virtú è religione, Vico Dastri soggiungeva che il loro numero, paragonato a quello delle altre, è infinitamente piccolo. Nei giudizii di questo genere, gli uomini si lasciano guidare dalla loro propria esperienza. Un don Giovanni che non ha mai incontrato ostacoli insuperabili nella sua via affermerà che la vera, l'assoluta virtú non esiste. Viceversa, un contemplativo, un timido, che non ha mai spinto le cose fino al punto critico, considererà evidentemente la virtú come una maglia invulnerabile. L'esperienza ingannerebbe tanto l'uno quanto l'altro. È appunto per questo che Vico Dastri si affidava ad un criterio generale, astratto: il carattere indubbiamente *eccezionale* della fede vera, profonda, incrollabile; *eccezionale* per la superiorità d'animo, per la forza di resistenza, per tutte quelle altre qualità *concomitanti* che essa suppone. In presenza dunque di una donna virtuosa, egli credeva di avere molte probabilità dalla sua nell'asserire che la virtú non ne fosse inflessibile, che, date le circostanze *favorevoli*, essa non avrebbe opposta una insuperabile resistenza. Quante erano queste probabilità? Egli non presumeva di tradurle in cifre, di stabilirne il segno matematico; si contentava di sapere che il numero dei casi *contrarii* alla sua ipotesi *doveva* essere assai piú piccolo di quello dei casi *favorevoli*... A cotesto ragionamento, la seguente difficoltà poteva subito opporsi: se Vico Dastri, dinanzi alla signora Valcresi, in forza delle proprie argomentazioni scommetteva contro la sua virtú, dinanzi a una seconda, a una terza, ad una millesima donna onesta, avrebbe dovuto scommettere nello stesso senso; ora, evidentemente, dopo aver vinto in cento, in mille casi, avrebbe pure perduto in alcuni, sia pure in un solo; e chi poteva dire che quest'unico caso non fosse appunto quello della persona in quistione?... Per questo, fin dal suo secondo incontro con la signora, egli si mise a studiarla.

Il modo piú adatto di studiare una donna è quello di farle la corte.

Vico Dastri, che si sapeva brutto, ma che aveva anche coscienza dei suoi mezzi spirituali, si serví appunto di questi: e tanto piú volentieri in quanto che, parlando a nome della passione, egli restava perfettamente calmo e padrone di sé. Se egli avesse potuto nutrire la fiducia di una grande difficoltà nella conquista della Valcresi, egli non sarebbe probabilmente rimasto cosí freddo presso di lei; ma era precisamente tale fiducia che, *a priori*, gli mancava. Il suo studio però non produsse, sulle prime, buoni risultati. Non solo la Valcresi non diede retta alle suggestioni di lui; ma i sentimenti che ella esprimeva, i giudizii che enunziava intorno all'amore, al dovere, alla famiglia, non permettevano di sospettarla anche nel modo piú vago. Il sospetto era tanto piú difficile, in quanto che ella era esente da ogni intransigenza, da ogni esagerazione di austerità. Non solo il *difetto*, ma anche l'*eccesso* di un sintomo è fatto per inquietare. Ora, la signora Valcresi non condannava senza appello le colpe altrui, non dimostrava d'avere un esagerato concetto di sé, non dava a divedere d'esser pazzamente innamorata di quel marito buon diavolo, a cui gli amici ne facevano tante. Ma, *appunto per questo*, la sua virtú aveva un carattere di naturalezza, di semplicità, che arrestava immediatamente ogni dubbio… Abbandonata pertanto l'indagine psicologica, Vico Dastri si fondò sopra un'altra serie di osservazioni, contemporaneamente compite, sul personaggio fisico, sulle sue occupazioni, sul suo modo di fare e di stare.

Egli aveva notato che, quasi sempre, la signora Valcresi portava una mano guantata e l'altra no. Il guanto non mancava sempre nella destra o sempre nella sinistra — nel qual caso la ragione del fatto avrebbe potuto trovarsi in un'abitudine come spesso se ne contraggono; mancava invece *ora* nella destra ed *ora* nella sinistra. Evidentemente, dunque, ella *voleva* mostrare una mano, non importa quale. Ora la Valcresi fissava spesso la sua mano nuda: il che, naturalmente, doveva essere il primo mezzo da lei ideato per richiamarvi sopra lo sguardo degli altri; ed in vero, quella mano era d'una modellatura perfetta, d'una bianchezza mirabile, d'una eleganza e d'una distinzione suprema. Questo piccolo segno di una civetteria forse incosciente, fu subito colto da Vico Dastri; e, messo in relazione con un altro sintomo di diversa natura, serví a dar corpo ai suoi sospetti. Frequentando le amiche della signora, cercando di farle parlare intorno ad essa, egli non ottenne, fuor delle prove della immancabile piccola malignità femminile, nessun lume intorno a ciò che gli premeva di apprendere; però, un giorno che sfogliava l'*album* di una di coteste amiche, vi lesse dei versi insignificanti firmati con uno pseudonimo femminile. Quei versi erano stati scritti, qualche anno addietro, dalla Valcresi, come l'amica affermò. La Valcresi frequentava dunque le muse — in un modo poco felice quanto ai risultati, ma non erano le intenzioni quelle che premevano al Dastri? Ora, non è arrischiato supporre che lo scrivere in poesia implichi il desiderio di far della poesia — e la poesia reale è forse altrove che nella passione?... Il nuovo sintomo era piú grave del primo, specialmente per la circostanza che, appositamente interrogata da Vico Dastri intorno a quelle sue occupazioni poetiche, la Valcresi aveva impercettibilmente arrossito, negandole dapprima, togliendo poi loro ogni importanza e quasi scusandosene quando il negarle era impossibile. Ella aveva adunque la coscienza di essere stata colta in fallo, di essersi lasciata scorgere in qualche modo... Questo però non bastava al giudice inquisitore; egli proseguiva pazientemente la sua inchiesta, classificando con cura minuta nelle caselline profonde della memoria altre prove ancora piú rare. Una volta, egli incontrò la Valcresi in casa della baronessa Delmonte; e questa signora, la cui passione per le violette era celebre, ne offrí all'amica un mazzolino prezioso, data la stagione — si era ai primi giorni dell'ottobre. La baronessa rimetteva a posto il suo vaso, dicendo al Dastri che egli non avrebbe avuto fiori in castigo di certe impertinenze che le aveva dette; egli rispondeva aggiungendone altre, ma non perdeva intanto di vista la Valcresi che odorava il suo mazzolino. Se Edgardo Poe ha ragione di dire che gli sguardi hanno uno stile, con altrettanta verosimiglianza si può soggiungere che i modi di odorare i fiori sono diversissimi e molto significativi. La Valcresi dunque prese a fiutare il mazzolino delicatamente, quasi timidamente; lasciava un poco le violette vicino alle labbra, senza che un muscolo del suo viso cangiasse di posto, e già stava per allontanarle; ma allora, ad un tratto, le appressava di nuovo, le schiacciava quasi sulla bocca, ne respirava, ne beveva avidamente il profumo, con le narici dilatate, gli occhi socchiusi, in una specie d'inebbriamento... Cosí, nell'esprimere le sue opinioni intorno a certi soggetti, sull'arte, sugli artisti, sulla bellezza, la Valcresi cominciava sempre con una riserva quasi timida, che finiva talvolta, quando il Dastri astutamente la secondava, in certi entusiasmi, in certi *Dio!...* caldamente *appassionati.*

Da un complesso, insomma, di piccole circostanze, da qualche attimo di abbandono nella posa, da qualche nervosità impercettibile, da altri segni futili in apparenza e inosservati dai piú, Vico Dastri si convinse che la Valcresi, se aveva paura, aveva anche desiderio di cedere alla tentazione. Ella poneva ogni studio ad evitarla, ad allontanarla, o ad accoglierla indifferentemente; ma al momento buono — si badi: *momento* — sarebbesi abbandonata, salvo a riprendersi immediatamente. Insomma, egli la credeva capace di cadere... Che la caduta fosse successa, o dovesse ancora avvenire, ed in quali circostanze, non avrebbe saputo ancora dirlo. Però, un filo conduttore egli lo possedeva. Le malignità diffuse sul conto della signora da amiche e da amici, erano state riconosciute per mere invenzioni, cui non si poteva prestar fede un momento; ma che di tanto in tanto tornavano a galla come i serpenti marini delle *notizie varie* e che finivano per consolidare la sua fama di saviezza. Ora, le invenzioni dei maligni avevano questo carattere di uniformità: che prestavano alla Valcresi come amanti gli uomini maggiormente in vista: eleganti come il San Vitale, artisti della forza del Lascaris, i piú interessanti e i piú *degni*. Errore grossolano, secondo Vico Dastri. Nel suo concetto, ella non poteva soccombere che in circostanze estremamente rare di opportunità, in un momento di debolezza intima e di complicità esteriore: vi era quindi ragione di pensare che la fortuna sarebbe capitata, *per caso*, al primo venuto, a colui che ella avrebbe avuto sotto mano nel momento critico. Facevano quindi strada falsa coloro i quali, partendo dal concetto che una virtú come quella della Valcresi non avrebbe capitolato se non dinanzi a una forza straordinaria, cercavano il fortunato fra quelli meglio dotati di qualità fisiche e morali; bisognava invece cercare fra i mediocri, fra gl'insignificanti, fra la gran maggioranza.

Era un filo conduttore o una complicazione piú grande?

È mestieri convenire che se non avesse avuto, come si dice, altri moccoli, Vico Dastri avrebbe potuto andare a letto al buio. Egli cercherebbe ancora, senza una circostanza che egli ebbe il merito di non lasciar passare inosservata.

Giovanni Brenda... Ma qui è indispensabile una piccola digressione intorno a questo nuovo personaggio. Era un bel giovane, come molti bei giovani vano e leggero. Mancanza assoluta in lui di sode qualità, ma una grande dose d'astuzia. Aveva avute alcune buone fortune, ma le aveva gonfiate e moltiplicate con tanta fantasia, che don Giovanni diventava un collegiale dinanzi a lui. Si raccontava che, giovanetto ancora, egli entrava talvolta a tarda notte dentro qualche portone rimasto socchiuso, con l'innocentissimo scopo di accendere il sigaro al riparo del vento, ma con la speranza di farsi scorgere da qualcuno all'uscita, per offrire cosí una prova irrefutabile delle misteriose relazioni che egli vantava a tutti i momenti.

Giovanni Brenda, dunque, aveva fatto anche lui alla Valcresi quella corte doverosa, la cui omissione implicherebbe una specie di offesa all'amor proprio d'una signora giovane e bella; ma nessuno l'aveva preso sul serio. Egli era un tipo cosí compromettente da una parte e cosí insignificante dall'altra, che pareva fatto apposta per stornare i sospetti.

E i maligni non avevano pensato un momento ad affibbiarlo come amante a quella signora.

La prima volta, però, che Vico Dastri li vide in presenza (fu dopo la villeggiatura estiva) nel salotto della Castellini, fra tanta altra gente, notò che Brenda faceva girare il discorso per vie un po' tortuose, come se avesse qualche cosa da dire e volesse aver l'aria di dirla naturalmente ed *a proposito.* Parlava di arte, della Promotrice, del *Salon,* dei tesori italiani, delle nostre città antiche, degli affreschi del Campo Santo di Pisa, del Duomo milanese. Finito quel discorso dell'arte, non disse piú niente, o quasi. Aveva voluto alludere a qualche cosa; ma a che? prima quistione. Seconda: a chi era diretta l'allusione? C'era lí la Valcresi, ma molte altre signore ancora, senza contare la simpatica padrona di casa... Passò del tempo.

Un'altra volta, Giovanni Brenda, sempre alla presenza della Valcresi, ebbe o cercò l'occasione di parlare di Pisa, dove aveva un cugino ammalato. Pisa! L'aveva già nominata quell'altra volta!... A dir breve, in un terzo, in un quarto incontro, egli fece in modo di ricordare quella città; il pubblico femminile variava, ma la Valcresi si trovava sempre lí. Era una mera combinazione? Curiosa, ad ogni modo.

Una sera, si trovarono, Dastri e Brenda, nel palchetto della dama. Questa volta Brenda parlava a vapore, scherzava, faceva ridere la compagnia. « Sta a vedere — pensava Dastri — che finirà per nominare Pisa!... » E gira, e gira, e gira: come Gemma di Vergy suscitava un subisso di applausi, l'amico esclamò: « Ma la Biagi-Mussini!... Lei l'ha sentita?... Io, a Pisa; non me ne scorderò mai piú... ».

Vico Dastri si trovava dunque in presenza di un

fatto positivamente accertato, al quale bisognava trovare una significazione. Poiché, nessuno negherà di certo che in una conversazione mondana, fra persone che due o tre volte l'anno vanno attorno pel mondo, sia naturale il ricordare spesso, ed anche sempre, questo o quel luogo; ma Brenda nominava Pisa, oltre che *insieme* con le altre città, anche *soltanto.* Ora, la cosa avrebbe potuto ancora parer naturale se si fosse trattato di una capitale, d'un centro permanentemente o temporaneamente interessante, di Parigi o di Milano, di Nizza o di Venezia; ma il paese del conte Ugolino, se meritò gli anatemi di Dante, ha un posto assolutamente secondario nella geografia dei nostri moderni cosmopoliti. Si consideri ancora che Brenda lo nominava *sempre* in presenza della Valcresi, anche quando il tema del discorso non vi si prestava, e *mai* in altra compagnia, anche se qualcuno — Dastri stesso, per esempio — gli spianava la via.

Da questo assieme di circostanze d'un carattere cosí poco ordinario, parve a quest'ultimo legittimo argomentare che Brenda dovesse avere una ragione per ricordare alla Valcresi *qualche cosa* che avesse un rapporto con la città di Pisa. Ora, per poco che si rifletta sulla natura di un simile rapporto, si ammetterà certamente che esso è unico, e che un luogo non si ricorda se non per quello che vi è successo. Qualche cosa era dunque successo fra Giovanni Brenda e la Valcresi, a Pisa; qualche cosa che l'uomo aveva interesse di ricordare alla donna. La conclusione diventava piú evidente dinanzi alla certezza che, in quell'estate, la Valcresi aveva passato qualche giorno a Pisa, al *Grand Hôtel* Garbrecht, come Vico Dastri seppe, non da lei (per non risvegliare i suoi sospetti) ma dal marito. È vero che entrambi, Brenda nel fare l'allusione, la signora nell'ascoltarla, non esprimevano un sentimento qualunque da gettare un barlume in quel mistero — sebbene l'ultima volta Brenda avesse pronunziato un: *Non me ne scorderò piú*... con calore un poco soverchio trattandosi d'una cantante anche celebre — ma questa apparente indifferenza che avrebbe arrestato ogni altro era per Dastri un *motivo di piú* di stare all'erta.

Vi sono, infatti, certe associazioni cosí intime, che è quasi impossibile imaginare l'un termine senza l'altro; come non è possibile, per esempio, imaginare la luce senza l'ombra. Un'*allusione* provocata senza intelligenza e subìta senza *effetto* è cosí poco verosimile, che mancando l'intelligenza e l'effetto, novantanove individui su cento negano l'allusione. Questo fu l'errore che Dastri non commise. Poiché Brenda e la Valcresi avevano un'aria di perfetta indifferenza, egli si domandò: « Vi possono, essere delle ragioni che la consigliano loro?... Sí. Quali? ».

Arrivato a questo punto della sua inchiesta, Vico Dastri cambiò metodo. Invece di proseguire per via d'analisi, suppose, comprendendo insieme i fatti accertati, tutta una spiegazione; allo stesso modo che un disegnatore, collegando fra loro alcuni punti matematicamente stabiliti, traccia la curva che comprenderà anche tutti gli altri punti non determinati. La verosimiglianza della sua spiegazione si sarebbe misurata dalla precisione con cui essa avrebbe risposto a tutti i punti oscuri del problema.

Vico Dastri dunque ragionò cosí: « La signora Valcresi è capace di arrendersi; le probabilità sono perché la cosa accada, o sia accaduta, con un individuo *medio* come Brenda; costui insiste a ricordare il soggiorno di Pisa; ella è stata in questa città. Supponiamo allora che, a Pisa, il pomo sia stato gustato. Brenda e la Valcresi vi si sono incontrati, per caso. Dove? Poniamo: nello stesso albergo. Egli, che non aveva mancato, prima, di farle la corte, trae profitto da quell'incontro per ricominciare. La signora fa, al solito, orecchio da mercante. Ma ella si trova — o è messa — in quella pericolosa situazione dell'animo che fa vedere il lato seducente della colpa. Ecco intanto suo marito dare le disposizioni della partenza. Brenda vede sfuggirsi un'occasione propizia come non se ne presenteranno forse mai piú. Egli diventa eloquente, magnifico di passione e di disperazione. Non manca di farle notare che sono in un paese dove nessuno li conosce, dove non rimetteranno piú piede. Questo la scuote. È lo stesso sentimento di fiducia che incitava, nell'Eden, Eva alla colpa, quando pensava di esser sottratta ad ogni vigile sguardo. Ella, dunque, non dovrebbe far altro che andare in fondo a un corridoio e aprire un uscio: quello del *numero* tale. Nessuno la scorgerebbe, in una certa ora, nell'assenza prevista del marito. Non lascerebbe dietro di sé nessuna traccia, nessuna prova: non una parola, non una testimonianza. Ma quanta poesia! Di che fare un poema in parecchi canti...

Mettiamo i punti di prammatica. Ecco i nostri due individui ritornati qui. Brenda intenderebbe ricominciare: fa i conti senza l'oste. Qui, la cosa è impossibile; la compromissione sarebbe inevitabile, e la Valcresi *non vuole* compromettersi. Glielo dice nel modo piú categorico, piú severamente di *prima.* Ecco il nostro don Giovanni alla disperazione. Il ricordo di quell'unica ora lo perseguita da per tutto, abbellito, poetizzato dalla distanza... Obbiezione: Brenda non pecca di modestia; è un fatuo, suole menar vanto delle sue conquiste ed anche dei semplici acquisti. Perché dunque non mette fuori il suo secreto? Risposta: niente di piú facile che, sotto l'influenza d'una situazione cosí anormale, col fuoco divoratore di quel ricordo, la cui realtà egli stesso finisce per mettere in forse tanto il fantasma è divenuto inafferrabile, un individuo leggiero come Brenda si trasformi del tutto, diventi capace d'una vera passione. Se questa ragione sembra insufficiente, ve n'è un'altra inoppugnabile. Mutato o no, tutti i suoi sforzi devono essere diretti ad ottenere la conferma che non ha sognato, il ritorno di quella fortuna; ora, egli comprende che farla risapere val quanto rinunziare per sempre ad ogni speranza.

Nuova difficoltà. Egualmente respinto in questa sua discretezza, non potrebbe egli avere la tentazione di ricorrere alla denunzia per vendicarsi? Risposta: ancora quando egli provasse tale tentazione, non potrebbe obbedirvi; egli non rivela ciò che gli è accaduto perché sa che gli riderebbero in faccia, tanto la cosa avrebbe l'aria d'una invenzione, specialmente da parte di un millantatore suo pari. Ha egli in mano una prova da mettere sotto gli occhi agli increduli? Nessuna! È appunto *per questo* che la cosa è accaduta... Imaginiamoci dunque noi stessi in tale condizione: quale sarà il nostro contegno? Non ci *conviene* mettere in piazza il nostro secreto;

non *possiamo* esprimere il nostro voto alla donna, poiché ci è stato formalmente inibito; ma dall'altra parte noi non ci fidiamo di rinunziare alla speranza, vogliamo che *ella* lo sappia, e che si ricordi nello stesso tempo come noi abbiamo un'arma di cui, spinti all'estremo, potremo in ogni caso servirci. Che cosa faremo dunque? Cercheremo l'occasione di ricordarle una circostanza del fatto, la meno compromettente, per esempio: il luogo in cui esso accadde. Ricorderemo questa circostanza *sempre*, ma con un'aria di perfetta indifferenza, perché il sottolineare sarebbe *pericoloso* per gli altri, *inutile* per lei. Il nostro ricordo vorrà dire: No, tutta la vostra freddezza, la vostra ostilità non vale a nulla, il passato non si cancella; voi v'ingannate se credete che io possa dimenticare; io ricordo sempre, e spero; e badate: non mi fate perdere la testa, poiché la mia pazienza potrebbe avere un limite... Orbene: questo appunto fa Brenda. La Valcresi lo lascia dire, perfettamente sicura di sé, e anche di lui: certa che la minaccia non avrà esecuzione e che, in ogni caso, l'effetto mancherà sicuramente!... ».

Tutto questo non era, intanto, che una supposizione, abile, conveniamone; verosimile, anche — ma sempre supposizione. Mancava la dimostrazione, la riprova, la verifica. Un lungo ragionamento aveva condotto Vico Dastri a spiegar bene le cose in un certo modo; bisognava vedere se quel modo era il vero. Un uomo corre: noi ci mettiamo a considerarlo e diciamo: corre perché è inseguito. Ma non correrebbe egualmente se avesse fretta soltanto? L'inseguimento *può* essere una causa; bisogna dimostrare che è la *vera*. Non basta il dire: se avesse fretta prenderebbe una carrozza, o camminerebbe a passo accelerato senza dar spettacolo di sé; egli può infatti non avere incontrato una carrozza, o non possedere i quattrini della corsa, o trovarsi in un tale stato d'animo da non pensare a quel che dirà la gente.

Quantunque l'ipotesi di Dastri avesse risposta a tutto, pure egli poteva esser stato tratto in inganno da una serie di *coincidenze* che si collegavano tra loro *come se* esistesse il rapporto di causa ed effetto da lui ideato. Messo pertanto nella necessità di trovare una prova, e non potendo operare sui due soggetti ad un tempo, egli non esitò un istante a decidersi di rivolgersi verso la donna. Dicono che le figlie d'Eva la sanno piú lunga del diavolo, che mettono in mezzo i piú forti. Egli non credeva al loro machiavellismo, forse come un compenso per la poca fede che aveva nella loro virtú. Arrivava forse a concedere che, nelle relazioni fra l'uomo e la donna, questa spieghi una maggior somma di abilità e riesca ad avere il sopravvento; ma considerando i due esseri non piú nei loro rapporti reciproci, ma dinanzi ad un terzo, non gli pareva di poter dubitare della inferiorità femminile.

Fare in modo che la Valcresi desse ella stessa la conferma delle sue ipotesi: ecco quindi il problema che bisognava risolvere. Egli fece questo ragionamento semplicissimo: « *Se è vero* quello che io penso di lei, *che cosa* deve ella provare quando Brenda le ricorda il soggiorno di Pisa? Una contrarietà vivissima, senza dubbio, ma non piú viva del timore; perché se la contrarietà fosse piú forte, finirebbe per manifestarsi. Invece, l'idea che la sua irritazione, il suo turbamento possano mettere qualcuno, *un altro*, sulla strada della verità, è cosí viva, cosí presente al suo spirito, che ella riesce a dominarsi. Ma se questo ricordo sarà evocato non piú da Brenda, ma precisamente da *un altro*; vuol dire: se ella non potrà piú illudersi sul mantenimento del proprio secreto, se ella non avrà piú nulla da temere, appunto perché la cosa temuta le sarà presente dinanzi, è chiaro che la bilancia trabocccherà repentinamente dall'altro lato; che lo sdegno, la vergogna, il rimorso, un'emozione qualunque dovrà leggersi in viso ».

Fermo su questo punto, non restava da trovare che l'opportunità, il modo dell'esperienza. Eccoci dunque arrivati al punto decisivo.

La prima volta che Dastri si trovò solo con la Valcresi, avviò il discorso sulle passioni, sul prezzo che dànno alla vita, sulla poesia che conferiscono al ricordo. Ella era, come sempre, serenamente indifferente. « In verità — diceva Dastri — io posso concedere ai pessimisti che la gioia si risolva in una pura illusione, ma appunto per questo il *ricordo* è piú dolce della percezione diretta, appunto per il carattere puramente *ideale* che la lontananza, il distacco conferiscono alle cose. Io credo che noi andiamo in traccia delle soavi emozioni non tanto per quello che esse ci dànno immediatamente, quanto per il tesoro di memorie che accumulano nel nostro cuore, per il calore di vita che condensano in noi e dal quale ci riscalderemo nei giorni della solitudine fredda. Quale cosa piú dolce del rivedere un luogo in cui fummo felici, dell'evocare le circostanze di quella felicità, tutte, anche le meno liete? Perché la tristezza ricordata è anch'essa bella e *poetica*. Noi potevamo, *allora*, correre un pericolo, provare un'ansia mortale, sentirci minacciati dagli altri o da noi stessi... che importa? Adesso tutto ciò è abolito... »

La Valcresi stava ad ascoltare, come non fosse il fatto suo; ella prendeva il suo fazzoletto di pizzo dal *guéridon* e se lo portava un poco alle labbra, come per reprimere un principio di sbadiglio prodotto dall'audizione di quella cantafavola. Ella era piú forte che Dastri non credesse. Bisognava portare subito il colpo di grazia.

« Un poco di noi — continuava egli allora, senza levarle gli occhi dagli occhi — è rimasto qua e là, dove altri meno crederebbe: in una spiaggia remota, in un giardino deserto, in una camera d'albergo, in uno di quei luoghi cosí raccolti, cosí discreti, cosí propizii al mistero: un villaggio della Riviera o delle Alpi, Sorrento o Pisa... »

Adesso la Valcresi impallidiva un poco, tratteneva il respiro; e ad un tratto, come il sangue le rifluiva alla testa, il viso le si faceva di fuoco.

« Io conosco una persona — riprendeva Vico Dastri — che è stata molto felice a Pisa... Lei vi è stata?... Il migliore albergo è il *Grand Hôtel* Garbrecht; Giovanni Brenda me ne dice molto bene... Che cosa cerca?... il suo fazzoletto?... Le è caduto; aspetti... eccolo qui. »

E come le ebbe presentato il piccolo scacco di merletto, riprese, accomodandosi meglio sulla sua poltrona:

« Ma, in generale, i nostri alberghi lasciano molto a desiderare; io ho molto viaggiato, e non ho trovato un *comfort* cosí intelligente come in Inghilterra. Mancano, da noi, la parola e la cosa... ».

DOCUMENTI UMANI

I

«Quando leggerete queste pagine io sarò morto. Non voglio, non voglio andarmene nel silenzio e nell'ombra senza dirvi tutto quello che ho in cuore, senza mostrarvi tutta l'opera spaventevole da voi compita, senza lasciarvi — ultimo ricordo della nostra *tenera amicizia* — l'eterno rimorso del male che avete commesso.

Non sono generoso?... Ah! bisognava che apprendessi alla vostra scuola la generosità!... Sentite: la mamma mia dorme di là, nella camera attigua; riposa un istante dopo una giornata d'inquietudine, passata a spiare ogni mio movimento, quasi presaga della sciagura che le pende sul capo. Domani, a quest'ora, non riposerà. Le sorelline mie sono venute a baciarmi, come ogni sera, e sognano ora i loro sogni giocondi. Domani, a quest'ora, non sogneranno. Domani, la desolazione sarà entrata in questa casa; domani, la vita ricomincerà a ordire la tela delle sue piú dolorose difficoltà intorno ai miei cari, che io abbandono vilmente. Del mio coraggio, dite, che cosa ne avete voi fatto?... Ma, nell'abbiezione in cui mi precipitaste un barlume di nobiltà m'era rimasto fin ora; ed io avrei voluto, vedete, avrei voluto scomparire per sempre senza che nessuno sospettasse la miseria mia, senza che la sospettaste voi, senza farvi credere ch'io mendicassi la vostra pietà, senza farvi sentire le mie grida e il mio pianto!... Del mio orgoglio, della mia dignità, che cosa ne avete voi fatto?... No, no, non posso, non voglio; voi m'ascolterete, voi leggerete questa confessione, queste pagine su cui, silenziose, grosse, roventi, cadono di tratto in tratto le mie lacrime. Le lacrime d'un uomo! le lacrime di chi non ha pianto fra i disinganni piú amari, fra i dolori piú atroci!

Se sapeste quanto e come ho sofferto! Se sapeste i torrenti di tristezze che hanno allagato il mio cuore! Se sapeste di che forza ho dovuto armarmi per sostenere questa feroce battaglia della vita; quante volte ho disperato, quante volte il vento della pazzia ha soffiato sulla mia fronte! Solo, senza un aiuto, senza il conforto neanche d'una chimera, con la certezza che tutto è invano, io ho saputo resistere e persistere! Nelle strette del bisogno, fra l'ostile indifferenza del volgo, fra l'invidia, la doppiezza, la malvagità degli altri, dubitando di tutto e di tutti — ma principalmente di me stesso — io ho saputo compiere quello che gli uomini nominano Dovere — e si contentano di nominare soltanto... Ed avevo conseguito la pace, la meta piú sospirata! il porto invocato durante le tempeste! ed avevo composto in un'urna le ceneri fredde delle mie illusioni... quando voi siete venuta... Non negate, almeno: siete stata voi!

Ah! io era *curioso*, io era *interessante;* bisognava

vedere com'era fatto questo *filosofo*, questo *asceta*, questo *anacoreta*, quest'essere a parte, di cui nessuno fra quanti vi circondavano aveva potuto ancora darvi un'idea! Bisognava provare su lui la sottile magia dei vostri profumi, la dolcezza del vostro sorriso, la melodia della vostra voce, la soavità della vostra mano!... E quando, già preso dalle prime vertigini, egli tentava sfuggirvi, e qualcosa, nei suoi sguardi, chiedeva pietà per lui, bisognava ancora strapparlo ai suoi rifugi, trascinarlo nel vortice che vi si aggira dintorno, legarlo forte a voi, invocando il suo appoggio, l'aiuto della sua *amicizia*!... E quando, smarrito, incapace di resistervi piú, egli tentava soffocare il grido veemente che stava per rompergli dal petto, bisognava ancora fargli perdere quel po' di ragione che ancora gli rimaneva; bisognava ubbriacarlo con l'assenzio della speranza, come la spia ubbriaca il colpevole per strappargli la confessione del crimine!...

Ma che colpa ho commessa? Perché infliggermi questo castigo? Che cosa ho fatto a voi od ai vostri?... Dicono che la gelosia sia un orribile tentatore, un truce consigliere; no, non lo credete! dite a tutti che non è vero! Ecco: il rispetto tremante, l'angoscia paurosa che io provo dinanzi a voi, si ridestano in me, sempre, al cospetto dell'uomo che amate. Ah! il sorriso di Dio si è posato su lui! Scorgerlo da lontano mi fa battere il cuore! Io vorrei seguire la traccia dei suoi passi! Non lo sapete? Io l'ho difeso, a rischio di qualcosa di piú della mia vita — a rischio del mio onore — quando un pericolo lo ha minacciato! Io stesso l'ho ricondotto a voi, una volta che egli stava per isfuggirvi, ve ne ricordate?... Io vorrei soltanto aprire il suo petto, strappargli il cuore dal petto, rompere il suo cuore, per farvi vedere, disgraziata, che mai, mai, mai, egli vi ha portata nel cuore!... Io vorrei soltanto scavare i suoi occhi, squarciare il suo cervello, per vedere che cosa nei suoi sguardi, che cosa nelle sue parole vi ha parlato per lui!...

E voi credete di conoscere l'amore? Oh, povera ignorante, che cosa ne sapete mai? Che cosa sapete dei ruggiti che finiscono in pianto? dei mortali languori che sono un tripudio immortale? dell'ora che comprende l'Eternità? delle parole che sono baci, dei baci che sono marchi roventi, del tormento che è delizia ineffabile? Chi poteva farvi soltanto sospettare tutto ciò? Avete voi incontrato soltanto un'Anima sul vostro cammino? Che pietà! che pietà! Io conosco tutta la vostra miseria! Io conosco tutte le prove per cui siete passata, tutti i vostri smarrimenti, tutte le vostre cadute. Sentite: vi sono infamie nella vostra vita! Ah, io non studio le mie espressioni; non me ne resta il tempo! Li conosco, tutti quelli che avete voluti: che nausea invincibile! Venite qui, vicino, molto vicino, che nessuno possa sentire: sapete come *essi* parlano di voi? sapete come vi chiamano?... E quando io ho taciuto, compreso d'un infinito rispetto, pauroso di offendervi io ho pianto, ed i miei occhi gonfii ed arrossiti hanno rivelato le mie mute angoscie, voi avete riso!... E quando finalmente io sono caduto in ginocchio, stanco, stremato, febbricitante, mortalmente colpito, e quando ho pregato, ho supplicato, ho gridato, trascinandomi per terra, mordendomi le mani, voi avete riso!... La mia vendetta! la mia vendetta! La vendetta che io ho vagheggiata, che io ho sognata nelle notti dell'incubo! Vedervi caduta nel fango, perduta per sempre, non conservar altro della donna che il nome! Vedervi trascinare al mio lato, supplicante, miserabile, indegna, e pagarvi e respingervi...

Signore, che ho detto? Compassione, compassione di me! O Madonna, pietà! Per l'amore che vi ho portato, per l'amore che vi porto, perdonerete voi il bestemmiatore? Non v'accorgete che vaneggio? Non v'accorgete che sono pazzo, che sono un povero pazzo moribondo, doppiamente lamentevole e degno di pietà? O Madonna misericordiosa, avrete pietà di me? Perché non mi farete ancora la carità che vi chieggo? Infine, sono molto esigente? Che cosa imploro da voi? che mi tolleriate, che vi lasciate adorare, che mi lasciate respirare nella vostra aria, umile come uno schiavo, fedele come un cane, muto come una cosa!... Ah, no! io v'inganno! non mi credete! non è possibile! la tenerezza mi trabocca dal cuore gonfio! sgorga dagli occhi in lacrime non piú amare, dolcissime! irrompe dalle labbra con parole sussurranti, carezzanti, piú dolci delle lacrime! O vaga, o bella, o gentile, o soave, o sogno della mia morente giovinezza, o sorriso di poesia, o amor mio immortale, conosci tu i nomi con cui t'ho chiamata nella solitudine delle mie notti? Sai tu che nessuna, nessuna! ha mai udito quei nomi da me?... Bisogna credere, è vero, alle parole di chi muore! Ed io ti giuro, per te! che il mio cuore è rimasto vergine; che tra i fatali esperimenti della vita una cura gelosa ha fatto la guardia al mio cuore; che tu, tu sola mi sei entrata nel cuore!...

Come a lungo ti ho aspettata! Io *sapevo* che tu dovevi apparire. Quando la natura è stata in festa, quando il profumo dei fiori, come un incenso, è salito nel cielo clemente, e la gioia ed il tripudio hanno visitato le povere anime umane, io sono rimasto solo, ad aspettarti! Quando i tappeti delle foglie morte si distendono al suolo, e invitano le coppie innamorate a vagare sotto le cupole d'oro dei boschi, tenendosi per mano, bevendo gli ultimi aliti del sole agonizzante, io sono rimasto solo, ad aspettarti! Le notti che il vento geme, che la pioggia scroscia, che il freddo sferza, quando fa cosí bene scaldarsi sopra un seno adorato, io sono rimasto solo, ad aspettarti! Non hai tu dunque mai sentito avvincerti lievemente, come da un essere invisibile? Erano le mie braccia che si protendevano verso di te! Non hai tu mai sentito sfiorarti la bocca, come da una invisibile foglia di rosa? Erano le mie labbra che si avanzavano verso le tue! Non hai tu mai sentito un tepore penetrarti tutta, come una fiamma invisibile? Era l'anima mia che se ne veniva verso di te!... Come a lungo ti ho aspettata! Avevo perfino perduto la speranza di incontrarti mai! Ma tu sei apparsa, ed ecco: i geli si sono distrutti, i veli funerei si sono strappati, le fredde ceneri hanno dato nuove vampe. O miracolosa, tale è la potenza del tuo sguardo! O deliziosa, vieni! vieni con me! lascia che il mondo dica; che cosa c'importa del povero mondo? Dimentica il mondo; dimentichiamolo entrambi; la vita comincia appena oggi per noi! Vieni, vieni con me! Vieni dove so io, dove è luce, armonia ed esultanza!...

Ah!... l'ora batte fredda, monotona, spietata, ed

ogni colpo mi picchia qui, qui, sul cervello! Il giorno odiato già spunta; un canto risuona per la via... Ho sognato ancora! ed il risveglio è cosí crudele! Ma è forse colpa tua se il sogno non si converte in realtà? No, povero amore, la colpa non è tua. La colpa è di un Altro, o di nessuno! La colpa è della vita assurda, della sorte cieca, della disdetta fatale che pesa su noi tutti! Di resistere ancora io non mi sento la forza. Ho finalmente bisogno di oscurità e di silenzio. Ma ora, ora che l'istante non è piú lontano, ascoltami; io voglio dirti l'ultima mia parola, la parola che piú non scorderai. Se il voto di un morente val pure qualcosa, per la gioia che m'hai data, per il male che m'hai fatto, ora e sempre, sii benedetta. »

II

«Vedete? — disse l'ingegnere Ferrieri al suo giovane amico Paolo Dinolfi, appena questi ebbe finito di leggere. — Vi sono anche documenti umani che attestano il sacrifizio, il lirismo, l'idealità, tutto ciò che voi fate presto a negare quando avete esclamato: rettorica! »

«Permetta! — interruppe il Dinolfi, ripiegando con cura il manoscritto e posandolo sulla tavola. — Io non ho negato la rettorica! ho detto soltanto che la rettorica non è la verità! »

« Oh, bene! E se noi cominciassimo a intenderci sul significato dei vocaboli? La verità! Quale verità? C'è una verità reale, e ce n'è una ideale... A vostra volta mi domanderete di spiegarvi queste altre grosse parole. È semplicissimo; io non uscirò dai limiti dell'etimologia. Reale è il mondo delle cose, ideale è il mondo delle idee. Ora un'idea, un sentimento, un fatto d'ordine morale è nel vero allo stesso titolo di una cosa, di un avvenimento, di un fatto d'ordine fisico. Una concezione spirituale esiste con lo stesso diritto di un oggetto materiale; e si potrebbe anche dire: con un diritto piú legittimo — poiché il mondo esteriore non ci si rivela se non per via di imagini interne... »

« Una lezione di psicologia? »

« Avete ragione; ma perché avete torto! Torniamo all'argomento. Io ho letto, per esempio, tutti i vostri libri; essi lasciano un sapore molto amaro — vi hanno persino fatto una colpa del vostro pessimismo! Ora, che cosa direste voi se io affermassi che questo vostro pessimismo deriva da una *persuasione* di dolore, non da un dolore *veramente* provato? Mi rispondereste che *credere* di soffrire val quanto *realmente*! È vero? E mi dareste causa vinta!... Perché di tutte queste dolci e torturanti credenze, dell'amore, della poesia, dell'ideale, noi siamo tutti capaci; perché vi sono certi momenti in cui tutta la nostra anima vibra come se volesse spezzarsi, in cui soltanto l'inverosimile è vero; perché nonostante i nostri capelli bianchi, nonostante la severità dei nostri studii, noi *piangiamo* se una canzone echeggia da lontano, nell'ora del tramonto, e daremmo — che cosa? — per poter fare ancora della *rettorica*!... »

Paolo Dinolfi guardò un momento negli occhi l'ingegnere Ferrieri.

« Lei può dunque garantirmi l'autenticità di

questo documento? »

« Ne dubitate ancora? ma io non posso darvi altro che la mia parola! È un'antica storia, ignorata da tutti. La donna è morta, sono molti anni... »

« E l'uomo? » interruppe l'altro.

« L'uomo — rispose l'ingegnere, dopo un momento di esitazione, — l'uomo che passava quella notte a scrivere la sua confessione, e che, all'alba, dopo aver sfiorato con le labbra la fronte dei suoi cari, usciva armato del revolver, ben deciso a farla finita appena provveduto al recapito della sua lettera, è qui, dinanzi a voi... Oh, per carità, non sorridete, mi fate male!... Ascoltate; io vi dirò ancora qualcosa da cui potrete argomentare la mia sincerità!... Non sapete dunque, caro romanziere, che noi proponiamo, ma che bisogna fare, in ogni circostanza, la parte del Caso? Nel ritardo di un minuto può esservi la perdita o la salvezza di un uomo. Ora, un minuto si può perdere in un modo volgarissimo; basta, per esempio, una saccoccia sdrucita, una lettera che vi caschi dalla saccoccia, una persona che vi corra dietro a riportarvi la vostra lettera... E se questa lettera è stata da voi scritta col cuore sanguinante e con la mente smarrita, potrà nascere in voi la tentazione di rileggerla quando la freschezza pungente del mattino avrà sedato la vostra eccitazione... Allora, in mezzo al ridestarsi delle attività umane dopo la salutare tregua della notte; allora, dinanzi allo spettacolo della piú minuta e prosaica realtà — le vacche della lattaia, il carro delle immondizie — voi potrete sentire come una doccia ghiacciata sferzarvi la schiena, e giudicare precisamente *rettorica* le vostre lacrime della notte... Non per questo voi non le avrete versate! Non per questo non le sentirete gonfiarvi gli occhi quando, molti anni dopo, rimesterete tutte queste cose intime e dolorose dinanzi a un amico... »

In quel momento una voce argentina squillò nella grande stanza da studio: « È permesso? » e una bambina di circa dieci anni, un mucchio di rose fra carnagione e vestito, si fermò sull'uscio tenendo un grosso rotolo di carte fra le braccia, confusa alla vista di un estraneo.

« Avanti, Vannina; su via! Hai paura dei miei amici? »

« Hanno portato questo per te — e quella miniatura di donna non levava gli occhi curiosi di dosso a Paolo Dinolfi... — E dice la mammina che lei è pronta per andar fuori. »

« Prega la mammina di andar sola per oggi — rispose l'ingegnere dopo aver dato un'occhiata alle carte. — Ho qui un bel da fare. Tu le terrai buona compagnia. »

E attirando a sé la figliuola, le stampò due grossi baci sulle guancie.

« Non ha un altro bambino? » chiese premurosamente il Dinolfi che a quella breve scena s'era sentito intenerire.

L'ingegnere si passò una mano sulla fronte.

« È morto, compie ora un anno! Me l'ha portato via la malattia che infierisce in questo povero paese, la stessa che portò via la mia buona mamma. Non sapete che noi siamo qui ogni giorno in pericolo di vita? È urgente provvedere al rimedio, e questo è ora il mio gran da fare: un piano di sistemazione del sottosuolo della città, tale da impedire l'inquinamento delle acque. Bisognerà adottare un nuovo tipo di fognatura... Ecco la prosa che viene a interrompere la poesia della nostra comunione spirituale. Vedete, mio caro romanziere? Esse sono nel vero entrambe! »

INDICE

Il Paradiso perduto 3
La scoperta del peccato 17
Documenti umani 37

• LIBRI DI UNA SERA •
1993